まむし少年

志田 澄子
SHIDA Sumiko

文芸社

目次

まむし少年

小学生のころ、僕《ぼく》の家には、いろいろな生き物が同居《どうきょ》していた。

青大将《あおだいしょう》、トカゲ、蟻地獄《ありじごく》（ウスバカゲロウの幼虫）……。

僕の虫好きが高じたものだった。

僕は学校から帰ると、それぞれのえさ探《さが》しにいそがしかった。蛇《へび》には蛙《かえる》、トカゲにはバッタ、蟻地獄には数匹《すうひき》の蟻やトンボ……と。

ある夕方、ようやく蛙を一匹捕《つか》まえて蛇の口に入れてやった。

「グアッ、グアッ」

ばかに元気のいいやつだった。蛇の口に入ってもまだ鳴き続けていた。蛇の喉《のど》がふくらんで、そのふくらみが少しずつ下りていって声は小さくなり、ついに消える。

居間《いま》にいた母が言った。

「もうやめて……、気がどうかなりそう」

母は、両耳をふさいでじゅうたんの上に伏《ふ》せていた。

僕の母は、祖父《そふ》が生物学者だったせいか、僕の狂気《きょうき》の沙汰《さた》の虫取り遊びに口ははさまなかった。少々のきたなさや、不便さには何も小言は言わなかった。が、この蛙の声にはさすがに悩《なや》まされていたらしい。

僕のこのペット癖《ぐせ》は三歳《さんさい》の夏から始まる。僕と三歳違《ちが》いの兄は、当時住んでいた2DKの団地《だんち》のそばに小高い丘《おか》があって、その林の中の木の切り株《かぶ》でたくさんのくわがたやかぶと虫がつかまることを聞いた。

夏のある朝、まだ暗いうちに、小学生だった兄がぐっすり寝込《ねこ》んでいる僕を揺《ゆ》り動かした。

「敬《けい》ちゃん、虫だよ、くわがただよ、見にいく？」

小さかったが弾《はず》んだ声だった。

僕たちは昨日の夕方、先輩《せんぱい》に教えられたとおり、砂糖水《さとうみず》を切りかぶにたっぷり塗《ぬ》ってきたのだった。もうすっかり忘《わす》れていて、いつもだったら眠《ねむ》りをさまたげられてかんかんに怒《おこ》るところなのだが、兄の〝くわがた〟の一声で、眠りも怒《いか》りもふっ飛んだ。

がばっと起き上がると、枕《まくら》もとにたたんである洋服に着替《きが》え、隣室《りんしつ》の両親を起こさないように、そっと玄関《げんかん》のドアを開《あ》けると外に出た。

外の空気は、昼間の暑さが想像《そうぞう》できないほどひんやりしていて、ズックが露《つゆ》でぬれた。

丘に登る。足音をしのばせてその切り株に近寄《ちかよ》る。次第に空は明るくなってきた。切り株の上に、黒く点々と小さい塊《かたまり》が見える。

「くわがただよ、かぶともいる。一つ、二つ、三つ……、九匹《ひき》、九匹もいるよ」

兄の声は躍《おど》っていた。

それを僕は夢《ゆめ》のように聞いた。あのときの胸《むね》の高まりと、感激《かんげき》が、僕をこんなに虫好きにしてしまったのだ。

あのとき僕と一緒《いっしょ》に転げ回って興奮《こうふん》していた兄は、学年が進むにつれて勉学のほうに興味《きょうみ》が移《うつ》ってしまったのに、僕はというと、小学校に入学してからも暇《ひま》さえあれば近くの山に遊びに行った。

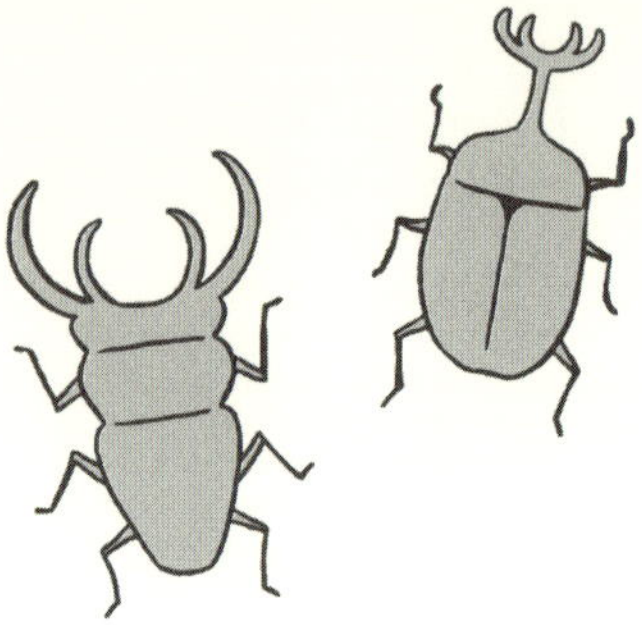

僕が小学校に入ると同時に、僕たち家族は、僕が生まれた団地から、山を切り開いて造《つく》ったこの住宅地《じゅうたくち》に引《ひ》っ越《こ》していた。
その頃《ころ》はまだ近くの山々は自然の姿《すがた》を失ってはいなかった。数百年は経《た》っているのであろう大木も、不気味な枝《えだ》の茂《しげ》みも残っていたし、毎日のように少しずつその中を探検《たんけん》しても、まだまだ未知の世界がその奥《おく》には隠《かく》されていた。
最初は十人以上も探検隊の仲間がいたのに、危《あぶ》ないからと母親から禁《きん》じられたらしく、

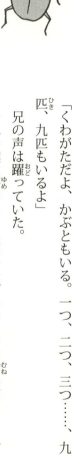

一人減《へ》り、二人減りで、一か月後には僕とM君だけになっていた。

それでも僕たちは、学校から帰るとランドセルを玄関《げんかん》に放って約束の場所に走るのが常《つね》だった。

冬のある日、M君と山の小道に入る手前のバス停で落ち合い、目の前に覆《おお》いかぶさる枝を押《お》し分《わ》け押し分け、山の斜面《しゃめん》を登っていた。

曲がりくねった山道をそのまま辿《たど》っていたのでは面白くないので、わざと道を外しているのだ。

五分ほどで大きな木の根元に着いた。木の名前は分からなかったが、冬なのに緑の葉が付いていて、太い幹《みき》は天空を貫《つらぬ》いている。

僕の興味をそそったのは、その木の地面から二メートルほど上の幹に、ちょうど子供《こども》が二人入れるほどの洞穴《ほらあな》がぽっかり開いていたことだった。

僕はその幹にしがみつくと、M君に下からお尻《しり》を押してもらって穴《あな》の中をのぞいた。そこに腰《こし》をかけ足をぶらぶらさせてみた。M君も登りたがったので、僕はM君を引《ひ》っ張《ぱ》り上げて二人で同じ格好《かっこう》をした。

「ヤッホー、ヤッホー」

ありったけの声を出した。

枝のすき間からのぞく空が青かった。二人の声は山中に響《ひび》き渡《わた》った。

僕たちは、木の皮や枯《か》れ葉《は》を下に落として洞穴を整理し始めた。穴の深さはあまりなかったが、両わきはかなり広がっていて、体をえびのように曲げると、二人で昼寝もできそうだった。

「ここを秘密《ひみつ》の場所にしようぜ」

僕はM君に言った。

「二人だけの秘密だよ」

M君も目を輝《かがや》かせた。

明日はラジオと雑誌《ざっし》を持ってくる約束をして、木から飛び降《お》りた。

翌日《よくじつ》、

「今日は寒いよ、また外に行くの?」

母は、ふくらんだ僕のかばんを一瞥《いちべつ》すると、何かほかに言いたそうな顔をした。返事をしないで靴を履《は》いている僕に母は続けた。

「帰りは昨日みたいに遅《おそ》くならないようにね、心配するから……」

「分かった」

僕は外に出てから答える。そして一目散に秘密の場所を目指した。

途中《とちゅう》、笹の葉を持てるだけ採《と》ると、昨日の洞穴の木に向かった。

M君の声がした。

「ヤッホー、ヤッホー」

周囲の山にこだまする。

M君は、荒板《あらいた》で器用に踏《ふ》み台《だい》を作ってきていて、もう穴の中にいた。僕を見つけると水筒《すいとう》とスナック菓子《がし》の袋《ふくろ》を高く上げて、

「乾杯《かんぱい》しようぜ」

と、はしゃいでいた。

採ってきた笹の葉を穴のいびつな所に詰《つ》めて、持ってきたビニールシートで覆《おお》うと座《すわ》り心地《ごこち》もよくなり、二人はますますご機嫌《きげん》だった。

ラジオから水木絵里の歌が流れる。

M君は右手をマイクの形に丸めて、一緒になって歌っている。学校で見るM君とは大違いだと僕は思った。

M君は、あまり勉強が好きでない。特に算数に弱いらしく、算数の時間は元気がない。そうかといって体育の時間に頭をもたげるタイプでもなく、総《そう》じて、学校では目立たない、どちらかというと暗い感じのする子供だった。

いつか学校の帰りに、僕が、父と一緒にスケートに行った話をしたら、沈黙《ちんもく》ののち、

「いいなあ、僕にはお父さんがいないんだ」

と言った。

「どうして？　死んだの？」

「初めっからいないんだよ」

僕はよく分からないけど、M君のお母さんは働きに行って家にいないからと、M君はよく僕の家に遊びに来る。

僕も近所のさとる君やじゅん君に比《くら》べれば、おもちゃの数は少ないほうだけれど、M君は電池で動くゴリラや、数遊びのゲームなんかを珍《めずら》しそうにいじっている。

民話の本を棚《たな》から取り出すと、数十分身じろぎもしないで読んでいるときもあり、M君は、僕のすることにじゃまをしないし、騒《さわ》ぐときにすぐ乗ってくるのはきらいでないから、こんな秘密の場所に二人でいるのは最高だった。

二人は、歌に酔《よ》い、水筒の水に酔いしれた。くたびれて黙《だま》りこんでから、うとうとしたらしかった。

冷たい風に身震《みぶる》いして目を覚ますと、木の下でかすかな音がした。そっと首を前に出して下をのぞいた。

リスだった。リスがポテトチップスのかけらを両手で抱《かか》えて食べている。ブラシのような大きなしっぽをピンと立てて、いそがしそうに口を動かしていた。

僕とM君は顔を見合わせて笑った。残っていたチップスのかけらを下に落としてやったら、驚《おどろ》いて姿を消した。

日暮《ひぐ》れにはまだ時間があった。僕たちは木の下に飛び降りると、持ってきた登山用ナイフで辺りのじゃまな枝や小さな木を切り倒《たお》し、遊べる空間作りに精《せい》を出した。

枝にからまっていた、ぐにゃっとした木のつるを、両腕《りょううで》にぐるぐると巻《ま》き取って余《あま》った部分を頭にも巻きつける。

「ゴリラみたいだよ」

M君が笑った。そのときは、このつるが二人の命を助けてくれる大切な物になるとは思いもしなかったけれど……。

水の流れる音を聞いた。

崖《がけ》っぷちに出る。

向かいの絶壁《ぜっぺき》に水が細く走っている。目で追って下を見ると滝《たき》つぼがあった。僕の庭にある池ぐらいの大きさで、その辺りは木もなく、下草だけの平たんな地になっていた。

「あそこまで下りてみようぜ」

僕はその言葉が終わらないうちに、もう体をかがめてかなり急な勾配《こうばい》を下りる体勢《たいせい》になっていた。

「危ないよ、回り道をしようよ」

M君の声が聞こえたときは、僕は山の斜面のやぶの中に足を踏《ふ》み出していた。

右、左、順番に枝をにぎりながら、足を下に運ぶ。つんのめっては転び、また立ち上がる。

何しろ、自分の背丈《せたけ》よりずっと高い木々の間を縫《ぬ》って歩いているわけだから、どのくらいのところに来ているのか、さっき眺《なが》めた滝つぼがどこに位置するのか、全然見当がつかない。

「おーい」

心細くなってきて僕は叫《さけ》んだ。まだまだ上のほうから、

「だいじょうーぶかー？」

M君の声がかすかに聞こえた。

日がだいぶ落ちて、風も冷たくなった。

——やばいぞ——

ようやく、自分の今置かれている危機《きき》に気づいた僕は、しゃにむに下を目指した。二、三分だったかもしれないが、ずいぶん長い時間に思えた。

孤独《こどく》との闘《たたか》いだった。

やっと視界が開けた。

滝つぼがさっきより大きく見えた。しかし、真下にではなく、かなり左手に見える。さまよい歩いて右へ右へと来てしまったらしい。

まだ、平たんな地までには六、七メートルの高さがあった。それに僕が立っている所から下は、茂みもなく赤い山肌《やまはだ》が現《あらわ》れていて、足を触《ふ》れなくても細かい土がまるで虫がはっているように、あちらこちらですべり落ちている。

上から見下ろしたときは、この山肌は見えなかったので、ずっと下まで木に覆われてい

ると、そう判断《はんだん》したのだったが、浅はかだったと思う。

僕は、木のつるを幾重《いくえ》にもした輪を、肩《かた》から斜《なな》めに提《さ》げているのに気がつくと、その一方の端《はし》を、傍《かたわ》らにある松の木の幹に巻きつけてしばった。その松の木はまだ幼《おさな》かったが、しっかりと根が張《は》っていそうに見えたからだった。

そのつるは、さっき、僕がふざけて頭に巻きつけて遊んでいた物だ。

つるの長さを目測《もくそく》して、何とか三メートルほど左下の、出っ張りまで伝って下りられると判断すると、実行に移した。

うまくいった。

次は、どこを見渡《みわた》しても木はおろか一本の草もない赤茶色の斜面である。

――どうしよう――

飛び下りるにはまだ高すぎる。

少し下に子供がやっと一人立てるほどのくぼみを見つけた。

そこを目指して、尻からすべっていった。そして、そのくぼみに両手でしがみつくと、立ち上がって二メートル以上はあるだろう真下の枯れ葉の上にジャンプした。

――やった――

M君はどこに行ったのか分からない。きょろきょろ見渡していると、僕が下りてきたのと同じコースを来たらしく、あの松の木のそばに姿を現して、

「うわあっ」

恐怖《きょうふ》の声を上げた。

僕は、その場所にそのままにしてきたつるを伝って下りるように言った。

「そんなのできないよ」

M君は、だいぶ怖《こわ》がっていたが、僕がやったとおりを伝えて大丈夫《だいじょうぶ》だからと言うと、少し安心したらしく、割《わり》に大たんな動きで無事成功した。そして、二人は、滝つぼの水で手足を洗った。

水は思ったより冷たくなかった。僕たちは、ここに来るまで何度も経験《けいけん》したあの緊張《きんちょう》感《かん》も恐怖感も忘れて、キャッキャッと水のかけ合いをして逃《に》げ回っていた。

もう一つ、書き忘れてはならないことがその後にあったのだ。

日が沈《しず》んで、あわてて右往左往《うおうさおう》して帰る途中に猿《さる》に会ったことである。

赤ちゃん猿を背負った母猿が木の下に落ちた実を、枯れ草をかき分けて探していたのを、二人は見つけて大いに感激したのだった。

――なんてすばらしい所だ――

僕の胸は、半鐘《はんしょう》をたたいているかのように高鳴った。

そして、もう一つ、それは、もう山々は外側から見ると、墨絵《すみえ》のように黒くぼかした色になっていたと思うが、山の中で必死に帰り道を探していた僕たちの足元は、夕日のかすかな残り日のお陰《かげ》で照らされていた。

そのとき山の頂上《ちょうじょう》付近で白い物が動いたのを目撃《もくげき》した。

驚いて目をこすって見るとそれは、人間だった。白い衣をまとったおじいさんだった。

顔の造作《ぞうさ》までは見えなかった。しかし、その姿から、頭の色から、そう僕は確信《かくしん》した。

杖《つえ》をついていたとM君は言ったが、そこまでは僕は分からない。何しろあっという間の出来事だったから。


そして、翌年の春が来た。

相変わらず僕はペットのえさ探しにいそがしかった。下校時間も遅くなり山に探検に行くチャンスがなかなか来なかった。

その日は、M君は病院に行くというので、僕は、四日ぶりに一人で山に入った。ペットのえさも見つけるつもりだった。

おだやかな午後だった。

春の日差しが、柔《やわ》らかく僕の背中を包んでいた。

鼻歌交じりの僕の目の前を、きれいな蝶《ちょう》が飛んでいった。黒と黄色で横縞を織《お》り上《あ》げ、後ろ翅《はね》の一箇所《いっかしょ》が青色だった。

ただの青色ではない。何か宝石《ほうせき》のような、奥がどこまでも深い魔法《まほう》の色のように僕には見えた。僕の眼《め》は、その青い部分に吸《す》いつけられ、気がつくと夢中《むちゅう》で蝶のあとを追いかけていた。

——昆虫網《こんちゅうあみ》を持ってくるんだった——

僕は、ビニールの袋を一枚《いちまい》手にしているだけだ。上がったり下がったり、戻《もど》ったり進んだり、蝶は、僕をもてあそぶかのように自由自在《じゆうじざい》に飛んでいく。

そのたびにその魅力的《みりょくてき》な翅は、暖《あたた》かい大気の中を上へ下へとまるで天女のように舞《ま》うのだった。

周辺の花や木も鮮《あざ》やかな色彩《しきさい》をかもし出し、それに蝶も加わってその美しさは言葉に言い表すことができないほどだった。

蝶を捕《と》ることをあきらめて僕は草の上に寝転んだ。そこは、今まで一度も来たことのない場所だった。振《ふ》り返《かえ》ると、その先は湿原《しつげん》らしく所々に水滴《すいてき》が光っている。

かすかな音を聞いて頭を上げる。

蛇だ。

長さ二十センチメートル、薄茶《うすちゃ》色のその蛇を見た瞬間《しゅんかん》、まむしだと、僕は直感した。小さかったが、頭が三角だった。

僕の家の玄関には、これを除《のぞ》いた種類の蛇は全部いる。

僕の好奇心《こうきしん》がむらむらと頭をもたげる。

これを僕のものにしよう。そう思ったとたん、僕は持っていたビニールの袋に左手を入れた。そして、右手を添《そ》えてそろそろと蛇のほうにそれをはわした。

その瞬間だった。

赤ちゃんまむしが、僕の右手に飛びかかったのだ。右手の人差し指に鈍《にぶ》い痛《いた》みを感じた僕は、あわててその痛みの部分を口で吸った。

そして草の上に吐《は》き捨《す》てた。黄色い液体《えきたい》だった。もう一度吸って吐いた。二、三度同じことを繰《く》り返《かえ》し一目散に家に向かって走った。

家からバスで二十分ほど離《はな》れた市民病院の一室に僕は寝かされている。六人の大部屋である。

みんな大人で、少年の僕が一人、ベッドに寝かされ点滴《てんてき》を受けている姿に好奇の眼差《まなざ》しを向けられた。

医師は大あわてだった。僕が事の成り行きを話し終えるや否《いな》や、看護師《かんごし》さんともども小走りで僕を別室に連れていき僕は血清を打たれた。

「お母さんは、お母さんは？」

せわしく何度も尋《たず》ねる医師の前で、僕は落ち着いていた。

あのまむしは子供だった。いや、赤ちゃんだった。僕が図鑑《ずかん》でいつも見ている写真のよりずっと小さかったし、それに、噛まれてすぐに毒を吸って捨てたから命に関わることはないと僕は思っていた。そして、看護師さんに頼《たの》んで漫画《まんが》の本を持ってきてもらいベッドの上で広げた。

「あきれた子ね、お母さんに電話を入れておいたから」

看護師さんは、本当にあきれた表情《ひょうじょう》をして、僕を見つめると、お母さんが来たらすぐにパジャマに着替えるように念を押した。

僕は、母の驚いた顔を頭に浮《う》かべ少しゆううつだった。

僕はまむしの毒の危険性をよく知っていたが、家にはまだ乳《ちち》を飲む妹がいるので、母には言わないで、噛まれた指の付け根に輪ゴムをぐるぐる巻きにしてバスに乗ってこの病院に来たのだった。

ここに血清があると知っていたわけではないが、大きな病院だからなんとかなるだろうと飛び込んだだけだった。

医師は何度も僕のベッドにやってきた。

まむしだと分かって手を出すなんてとんでもないやつだと言った。命がなくなったらどうするんだとも言った。そして、まむし注意の立て札はなかったかと聞いた。

僕は一生懸命《いっしょうけんめい》に思い出そうとしたがだめだった。なにせ、蝶の翅のあの青色のとりこになっていて、ほかのことは眼に入らなかったのだから……。

僕はその病院に二晩三日《ふたばんみっか》いた。僕が思っていたとおり、体内に入った毒の量は少なくて、右手首の先が腫《は》れ上がっただけで、ほかは別条《べつじょう》なかった。

医師は僕が退院《たいいん》するとき、まむしが現れた場所をしつこく聞いた。保健所《ほけんじょ》に連絡《れんらく》する必要があるからだそうだ。

間もなく、僕が蝶を追いかけた場所や疲《つか》れて寝転がった所、それから下のほうに続いて広がった湿地《しっち》など、広い範囲《はんい》にくいが打たれてロープが張られた。何箇所かに「立ち入り禁止」の立て札も立てられた。

仕方のないことだった。しかし、果てしない夢を、自由な希望を、その山に託《たく》していた僕たちにとっては大きなショックにつながった。それらは秩序《ちつじょ》ある学校や家庭からは得られないものだった。

待ち遠しかった夏休みがやってきて、僕とM君は早朝に山に行くことができるようになった。午前中に学習するように学校からいわれていたから、九時には家に戻れるように約束の時間を朝の六時、七時にして、山の中を駆《か》けずり回っていた。

ある日、遊園地にもってこいの場所を発見する。

そこは、学校のグラウンドよりはせまかったが、かなり広い

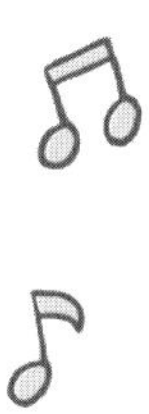

平たんな土地で、片隅《かたすみ》の堀《ほり》の中をチョロチョロと気持ちのよい音を立てて水が流れていた。その水は山から流れて下ってきた水なので、澄《す》んでいて冷たかった。

その場所の中央には、所々に何本かの木が葉を茂らせていて、その下に立つと日陰になって涼《すず》しかったし、その木はあまり太くなくちょうどよい間隔《かんかく》で二本、三本と立っているので、ブランコを作るのにも都合がよいと僕たちはうれしくなった。

もう少し住宅地に近いと小さい子供たちも連れてきて遊べるのにと、M君はくやしがる。

学校が始まれば、またなかなかここへも来られなくなるからと夏休み中にそれを完成させることにした。

まず水の流れに水車を作ろうと案を練る。

「タイヤは外さなくてはなあ」

「流れの高さに、差をつけなければ……」

「どうやって水を上に持っていくんだい」

言い合ったあげく、自転車屋さんのおじさんに頼んで古い部品をもらってこようということになった。

しかし、神の助けか、自転車店のおじさんにそれを何に使うのか根掘り葉掘り尋ねられないで済《す》むように事が運んだ。

と、いうのは、その日の帰りにごみ捨て場所を通ったら、一台の古い自転車が捨てられていたのだ。

その日は生ごみ収集《しゅうしゅう》の曜日だったのに、そそっかしい人が不燃物《ふねんぶつ》収集の日だとかん違いしたらしく、それはそこに残され横たわっていた。僕たちは小躍りして自転車を抱えて帰った。

M君は、生き生きと、かつ敏速《びんそく》に体を動かして自転車の解体《かいたい》作業に取りかかった。叔父《おじ》さんから借りてきたという工具一式が詰められているジュラルミンの四角い箱を開いて、次々と工具を取り出し、それを取り替え取り替えしているうちに、それほど長い時間も経っていないのに車体はばらばらにされて僕の家の駐車場《ちゅうしゃじょう》のコンクリートの上に並《なら》べられた。

それから一週間後に水車は完成した。

堀の中の段差《だんさ》が最も激《はげ》しい場所にそれを取り付けた。

それは、リズムに乗って、歌うようにゆっくり動いている。

こんなにのどかな大気の中で、こんなにきれいな水とたわむれ、回っているこの水車が、ごみ捨て場から拾われた古自転車の部品だと、だれが想像できるだろう。

僕たちは必死になって、車輪の中の放射状《ほうしゃじょう》に張りめぐらされている細い一本、一本の線まできれいに磨《みが》き上げたのだった。

これを完成させるまでには、その他に堀の底をさらったり、れんがを運んで積み重ねたり、数え切れない苦労があった。もう、やめちゃえと短気を起こしたこともあった。

しかし、辺りの光景すべてを大らかに包み込んで、シャララ、シャララと鳴っているやつを眺めたとき、僕たちの今までの労苦はすべて蒸発《じょうはつ》した。

そしてその喜びの三日後に、僕たちにはまた、神の恵《めぐ》みが訪《おとず》れたのだ。

それは、半年前に日暮れた山の中、帰り道を探してさまよっているとき、一瞬、僕たちの目に映《うつ》った山頂の老人の消息を知ることができたことだ。

水車の完成で勇気を得た僕たちは、がんじょうなロープと脚《あし》の壊《こわ》れたいすの座席《ざせき》の一部分とでブランコを、それから、やはりごみ捨て場にあった丸い鉄の棒《ぼう》を利用して鉄棒を完成させた。

ロープは麻《あさ》ひもを何本も組み合わせて編《あ》んだものだったし、脚の壊れたいすは僕の家の物置の中で眠っていたものである。

面白いほど次々とアイデアが浮かび、僕たちは鼻高々だった。

惜《お》しいことはそれらを使う人間が二人しかいないことである。

もっと友達を誘《さそ》いたかったが、大体の友人は放課後を待ちかねたように、そろばん塾《じゅく》だとか、ピアノ教室だとかに散っていなくなってしまうし、またそうでなくてもあまり気の合わない友人を誘って、遠いとか、危ないとか水を差されるのもいやだった。

だから、僕たちは、もうすぐ夏休みも終わることだし、当分の間、ここも二人だけの秘密にしようということになったのだった。


あと二日で二学期が始まるという日だった。

僕たちは、前夜、近くの神社の祭りで小さい金魚を五匹、手に入れた。露店《ろてん》の金魚すくいで、五匹ともM君がすくったものだった。

例の遊園地の片すみに作ったばかりの池に放すつもりで、ビニールの袋に水と一緒に入れ、手に提げて山道を登っていた。その坂を登って、西側に少し下ったところに、僕たちの造った遊園地があった。

突然《とつぜん》、東側のやぶの中から子供の声がした。それから、やぶをかき分けるせわしい音がして、少年が二人、僕たちの前に飛び出てきたのだ。何かに追われているような、おびえた表情で……。

その中の一人が、よろよろと僕の前に倒れてきたので僕はしりもちをついた。

「幽霊《ゆうれい》が出たんだよ……」

震えた声で言う。

もう一人は、真っ白な顔で、それでも二本の足でかろうじて立ってはいたが……。

「なんか、白くて、ふわふわしていて……」

僕たちは、あの白い衣を着たおじいさんだと直感した。

「どこに？」

二人の少年が指差した所は、僕たちがこれから行く方向とは正反対だった。まだ一度も行っていない所で、興味しんしんの場所だった。

その少年たちは僕たちと同じ四年生で、この山の向こう側のY町の小学校に通っているのだという。

夏休みの理科の宿題を見つけようと山に入ったのだそうで、二人とも方向おんちなので、すっかり迷《まよ》ってしまって泣きたくなったのだと言った。

そんなとき、ちらっとその人を見たから、もう驚いて腰を抜《ぬ》かさんばかりだったと、二人はまだ興奮が冷めていない口調で語った。

僕とM君は、その人は幽霊なんかじゃなくて、なんだか山で生活しているみたいで、僕たちも一度会いたいと思っていることを話したら、少年たちの表情は急に落ち着いた。

そして、僕にぶつかったとき僕の手から落ちて土の上でのた打ち回っている金魚を拾って、

「ごめんな」

と謝《あやま》った。

僕は言われるまで、それが僕の手首から落っこちたのも気がつかずにいたので、あわてて土だらけの金魚をつまみあげた。

二匹はもう動かなかったし、袋の水は一滴も残っていなかったけれど、五匹とも左の手のひらにのせてから、もう少し歩くけれど僕たちの造った遊園地に来てみないかと誘った。

遊園地に着くと彼《かれ》らは、眼を丸くして辺りを見わたしていた。特に、水車が気に入ったらしく、しゃがみ込んで音に聞き入り、澄んだ水に手を入れたりした。

「二人で造ったの？」

「どうやって考えたの？」

矢つぎ早に質問《しつもん》するので、僕たちは答えるのにいそがしかった。

金魚はすぐに池に放してやったが、元気がなくてだめだろうと思った。

少年たちは、すっかり感激して帰っていった。

ちょうどまた、いつか会った猿の親子だと僕は思うのだが、奥のほうの木の枝に座っていたのを見ることもできたし、リスの大きなしっぽが動くのも遠くで見えたし、そんなこんなで彼らは僕とM君とを英雄扱《えいゆうあつか》いして、動物たちもみんな僕たちの家来のようだと、お世辞を言いながら帰っていった。

僕たちは、またしばらく、ここには来られないかもしれないからと、そこをきれいに掃除《そうじ》してから、最初、秘密の場所にした木の洞穴に行ってみることにした。

そこは、遊園地よりも少し西側に位置していて、一度山道に戻ってから、十分ほど登らなければならなかった。

だいぶ、長い間そこには行っていなかったので、道が分かるか心配だったが、何とか見覚えのある景色を見つけることができた。

洞穴は僕たちが整備《せいび》したそのままになっていて、M君が作って持ってきた踏み台もそのままで、ビニールシートを敷《し》き詰めた寝室《しんしつ》も落ち葉や木切れを手で払《はら》ったら元のままだった。

僕たちは、前にやったように二人で穴に腰掛《こしか》けて、足をぶらぶらさせ、

「ヤッホー」

と叫んだ。

「ヤッホー」

山にこだまする。

夏の風が二人の背中をさわやかに吹《ふ》き抜けた。

次の日だった。

僕は、その日は家で明日からの登校の準備《じゅんび》をする予定だった。しかし、昨日会った少年たちの言葉が気になってならない。

僕たちがあの老人を見たのは山の頂上だった。それなのに昨日の話では、頂上よりかなり下のほうを歩いていたらしい。

未踏《みとう》の場所だったが、沼《ぬま》があるらしい。そこであの老人を見掛けたと言っていた。

何をしていたのだろう。あの老人の正体は何なのだろう。僕の頭の中はクエスチョンマークでいっぱいになり、居ても立ってもいられない心境《しんきょう》におちいった。

そうだ、蛇にも二、三日蛙を食べさせていないし、沼があるのだったら蛙も捕れるかもしれないし……。

そう思い始めたら矢も盾《たて》もたまらず、M君と連絡する時間も惜しんで魚捕りの網を取り出した。

長靴を履いた。一度ズックに足を入れたのだが、思い直して長靴に替えたのだ。

僕は、しゃにむに昨日少年たちと会った地点まで登り詰め、東側の、彼らが上がってきた斜面を下りていった。

うっそうとした木の枝を払い払いしながら、数分間下ったろうか、急に視界が開ける。葦《よし》が湿地にたくさん生えていた。太陽の光にまぶしく光るのは、やはり水だった。湿地に続く沼だった。僕は、長靴に履き替えてきてよかったと思った。

赤トンボが飛んでいた。

僕は蛙を探した。いそうな所に網を入れて、すくってみた。網の中は泥《どろ》と小石だけだった。

そして、少し遠くを見やったとき、僕の眼はくぎ付けになった。足の長い、体の細い、白い鳥が、一本足で立っている。

「つるだ！」

僕は感激した声で小さく叫んだ。

「つるじゃないよ、小さぎっていうんだよ」

どこからともなく声がする。

四方を見わたしたが、だれもいない。

そうなんだ、つるよりもかなり小さいし、いつも開いて見ている動物の図鑑にも、今、自分が立っているこんな湿地の葦の葉のそよぐ所に小さぎの写真がのっていた。

これが小さぎだ、僕は、もう一度今度は近くでそれを見たかったので、長靴の片方を泥土から抜くと、前に進んだ。

「近付いたらだめだよ」

今度はすぐ後ろでさっきと同じ声がして、僕は振り向いた。

おじいさんだった。

白髪《しらが》の、白い着物のおじいさんだった。

杖はついていない。足には、わら草履《ぞうり》をつけている。

僕の父より背が高くて、体はやせていて、手にはプラスチックの細長い入れ物を持っていた。

着物はそれほど新しくないのに、顔はさっぱりとしていて艶《つや》がある。

いつの間に、僕のそばに来たのだろう。

足音はしなかったのに変だなあと、僕は思った。

「おじいさん、どこから来たの？」

おじいさんの指差した所は、僕が下りてきた山の斜面の向かい側だった。

最初、声がしたとき見わたしたのに、気がつかなかったのはどうしてだろうと不思議な気がしたが、山で暮《く》らしている人だから、とっさに物陰に隠れたり、足音をさせないで早歩きができるのだろうと、僕はそれ以上考えないことにした。

その人は、小さぎは神経質《しんけいしつ》だから遠くで見ていたほうがいいんだよと言った。そして、蛙を捕るのならいっぱいいる所を知っているから教えてあげると言う。

僕はまだ何も言っていないのに、僕が蛙を捕りに来たのがどうして分かるのか、また不思議だった。

僕とその人は、葦の間にしゃがんで小さぎを見ていた。

それは、か細い、本当に細い足一本で立っている。頭の上と羽の一部分が少し黒いだけで、あとは全部白色だった。

この小さぎは雌《めす》で、雄《おす》はもう一つ山の向こうの湿地にいるのだとその人は教えてくれた。

小さぎは、時々長い嘴《くちばし》を水の中に突《つ》っ込《こ》んでいる。魚を捕って食べているらしい。

「このさぎはね、毎日、この時間にここに来るんだよ」

その人は言った。小さぎにも日課があって、夕方になるとどこかに行って、翌日ほとんど決まった時間にここに来るのだという。

「おじいさん、昨日もこの辺りに来たでしょう。これを見に来るの？」

僕は今にも飛び立ちそうに羽を広げている小さぎを指差して尋《たず》ねた。

その人は、それも楽しみの一つだけれど、水を汲《く》みに来るのだと言った。そして、あの場所にいろんなものを作ったのは君かねと、羊のような細い目で僕をのぞき込む。

遊園地のことを言っているのだと気づくのに少し時間がかかったので、返事をしないでいたら、

「あれ以上、いじらないほうがいいよ」

そう言って、とてもうまくできていたよとも言った。

バタバタと羽音がして、小さぎが飛び立った。

その人は、それを眼で追いながらつぶやく。

「ヒマラヤの空をね、つるが、何十羽、いや、何百羽かな、ひと塊になってね……」

「おじいさん、ヒマラヤに行ったことがあるの？」

僕は、興奮した声で聞いた。

「ヒマラヤの空はね、青いんだ。どこまでも、どこまでも青いんだよ……。その中をね、白いつるが……、飛んでいくんだよ、群《む》れをなしてね……」

「どこに飛んでいくの？」

「さあね……、インドかどこかね……」

「どうして？」

「冬を越すためにさ」

僕は、想像してみた。

青い空と、がんの群れは頭に浮かべることができたけれど、つるが飛ぶ姿は見たことがなかった。でも、つい、今さっき飛んだ小さぎの姿を思い描《えが》いた。

そして、それが大群《たいぐん》をなして、あの、高いヒマラヤの山を、群青色《ぐんじょういろ》の空を飛んでいく姿が、何となく頭に浮かんできて、おじいさんと一緒《いっしょ》に空を見上げていた。

僕たちの周辺を飛び回っていた赤トンボが、急に空高く舞い上がって、西のほうに飛び去った。

おじいさんは答えなかったけれど、きっと若《わか》いときは登山家だったのだ。今、どうして一人でこんな山の中で暮らしているのか知らないけれど、きっと、下界で生活するより山の上で生活するほうが気持ちいいんだ。

僕は空を見上げたまま、急に黙り込んでしまったおじいさんに声をかけるのは気が引けて、勝手に想像してそう思っていた。

すると魔法《まほう》がかかったように、おじいさんの体がその白い衣から抜け出て、登山靴に登山用のチョッキ、登山帽《とざんぼう》のその人が現れて、岩山をザイルを使って登っている画面が僕の目の前に映り、その白い山々の上を、ぬけるような青い空の中を、つるが飛んでいった。

気がついたらおじいさんはいなかった。きょろきょろしてみたが姿はもちろんのこと、今まで隣《となり》にいて僕と会話をしたことなど夢の出来事だったように、そんなひとかけらの気配さえ感じられなくて、僕のしゃがんでいた湿地は、もう秋の風が葦の葉をかすかに揺らしている。

翌朝になっても昨日のことが現実《げんじつ》だったか信じられない気持ちだった。

ただ、玄関に脱《ぬ》ぎ捨てた僕の白い長靴が、かなり上のほうまで泥で汚《よご》れていたのが、そのことが夢ではなかったことを語っていた。

母は、僕が急に無口になって、呼《よ》ばれても気がつかないでいるし、心配だから病院に連れていくと父に話をしていた。

そんなことをされたらたまらないからと、僕は平静を保《たも》っているのに疲れてしまい、その日学校から帰っても自分の部屋に閉《と》じこもっていた。

今日は二学期の始業式で、校長先生の話もいつもより長かった。僕の頭の中はあの白い衣のおじいさんのことでいっぱいで、どんな話だったか覚えていないけれど、自然を大切にしましょう、むやみに木を切ったり、野草を抜かないように、そんな話でしめくくられたようだった。

僕は、やっぱり山の中に遊園地を造ったのはいけないことだったのだろうかと思ったりしたが、別に木を傷《きず》つけたりはしていないし、堀を少しいじったくらいだから、それほど悪いことをしたとは思えない。

ただ、玄関で飼《か》っている僕のペットに、最近あまりえさをやっていないのがとても気になったので、家に帰る途中でミミズと何かの幼虫《ようちゅう》とを捕ってきて蛇に食べさせた。

一つの生き物を生かすためには別の生き物の命がなくなるし、以前、やはり校長先生が小さな生き物の命も大切にしてやりましょうと話したけれど、これはどうしようもないなあと困《こま》ってしまう。

学校の帰りにM君が僕のところに走ってきて、

「今日は、何時？」

約束の時間を聞いたが、昨日一人で山に行ったことも、まだ話していなかったし、なんだか今日も、まだ魔法がかかっている気分で、ヒマラヤの空のことも、つるの越冬《えっとう》大群のことも、僕の頭から離れていなかったので、

「今日は、用事があるから行かないよ」

と返事をしてしまった。

悪いことをしたかなあとあとで思ったけれど、あんな夢のようなことは僕は生まれて初めてだったし、まだ僕だけの心の中にしまっておきたかったのだ。

それから三日ほど経って、山の上で会った二人の小学生から電話がかかってきた。もう一度あの遊園地に行きたいということだった。金魚はどうなったかと、心配そうな声で僕に聞く。

僕は、次の日会うことにして場所と時間を告げ、すぐにM君に連絡をした。おじいさんのこともそのときM君に話したけれど、信じられないと言う。そして、

「本当だったら、すごいじゃない」

と、興奮して言った。

「嘘じゃないよ、本当のことだよ」

僕は強い語調で言い返した。

「じゃあ、どうして今まで黙《だま》ってたんだよ」

「だからさ、夢見てるみたいだったからだよ」

「そんなのずるいや」

M君は、すっかり機嫌をそこねたらしい。

僕は、今日は話さなくちゃあ、といつも思っていたのだけれど、本当に悪かったとなん度も謝った。

M君は、二、三日中におじいさんと会わせろと強気で言う。僕は、また、あの沼で会える保証《ほしょう》はないけれど、あの時間にあの場所に連れていくと言って仲直りした。

秀雄《ひでお》君と一郎《いちろう》君（Y町の小学生の名前）と、M君と僕は、バス停で落ち合って遊園地に行った。金魚は五匹ともいなかった。猿のしわざか、鳥がさらっていったのか、たぬきも棲《す》んでいるかもしれないからたぬきが捕らえたのかもしれないと、一郎君が言う。

やはり、こんな山奥に金魚を泳がせるのは無理だったと、僕は、考えが甘《あま》かったと思った。

「かわいそうだったなあ」

M君が少ししょんぼりとした。

けれどもその日は久《ひさ》しぶりに愉快《ゆかい》なこともあった。

ブランコも、鉄棒も、思いきり働いてくれたし、水車の音も、前より弾んでいた。

あの大きな洞穴のある木のところにも行った。

そのとき、かすかな不安が僕の頭をよぎったのだ。

というのは、そこに行く途中の杉《すぎ》の木のいくつかに、赤い布切《ぬのき》れがしばられているのが目に付いたからである。

だれかがこの辺りに来ているのだ、何のための赤い布切れか僕には分からなかったが、黒い雲が僕の胸の中にわいてきて胸いっぱいに広がった。

それを振り払うように、僕は、木に登り、穴の中に寝転がってみたり、別の木に梢《こずえ》のほうまで這《は》い上がったり、あの滝の眺められる崖っぷちまで走ったり、絶《た》え間《ま》なく体を動かした。

秀雄君と一郎君は滝のそばまで行ってみたいと僕に言ったけれど、僕はあの絶壁に立った恐怖を思い出したので、やめておいたほうがいいよと言った。

「回り道して、行けるじゃないか」

「あんまりよく知らないんだよ」

「だって、前に行ったとき、回り道して帰ったんだろう？」

僕は、あのときは暗い道をやっと帰ったんだから、また行けといわれても自信がないと、再《ふた》び断《ことわ》った。

「やめたほうがいいよ、四人で遭難《そうなん》したら新聞沙汰《ざた》になるぜ」

M君が僕に助太刀《すけだち》してくれたお陰で、二人はやっとあきらめた。その代わりにおじいさんに会った沼に行ってみることにした。

その日は網も何も持っていなかったから、東のほうの斜面を下りるときも下りやすかった。この間一人で下りたときよりたやすかった。

時間が遅いせいか小さぎはいない。赤トンボも他のトンボも飛んでいなかった。M君はおじいさんに会えるからと、ばかにはしゃいでいたが、僕はなんとなく今日は会えないだろうと、そんな気がしていた。結局、予想は当たらなかったのだが……。

あのおじいさんは魔法使いなのかと、僕は思う。

なぜなら、あの日僕が蛙を捕りに来たのも知っていたし、いつの間にか現れて、いつの間にか消えてしまったし、僕が登山姿のその人を想像したとき、何の抵抗《ていこう》もなくするっとその人は登山服の中に入ってきたし、第一、こんな山の中で何を食べて生きているのか、冬はあんな薄い白い着物では寒くて凍《こご》えるのではないか。

そういわれれば、その人の目は羊のように細かったけれど、僕と話すときは普通《ふつう》のおじいさんと同じに優《やさ》しそうな眼で、空を見上げたとき、ピカッと妖《あや》しく光った気もするし……。

僕は、次々と今まで起こったことを心の中で反すうしていた。

辺りが静かになったと思ったら、僕を除いて三人の姿がなかった。僕はみんなを呼びもしないで、探しもしないで、葦の傍らに立ちすくんでいた。

人の気配がして、横を見る。おじいさんだった。

「おじいさん、いつ、来たの?」

「……」

「おじいさん、毎日、何食べてるの?」

「ううん、草の露さ」

「そんなものじゃ、お腹空《なかす》くでしょう」

「ううん、まあね」

「……」

「……」

「おじいさん、登山家だったんでしょう」

「……」

はっとして、僕は振り返る。

その人はまた消えていた。

僕は、やっぱり魔法使いだと思った。

「おじいさあん」

大きな声を出してみる。

返事はなかった。夏の斜面の上のほうで笹の葉のすれ合う音が聞こえたような気がした。

「ずるいや、ずるいや」

M君は僕を大きく揺すって、半分泣き声を上げる。

「どうして一人で会うんだよ」

約束が違うと、M君は怒った。

僕はどう説明していいか分からなかった。ありのままを話したところでM君は信用しないだろうし、また今度いつおじいさんが現れるか分からないし、僕は、M君にされるまま、体をゆさぶられても何も言えないでいた。

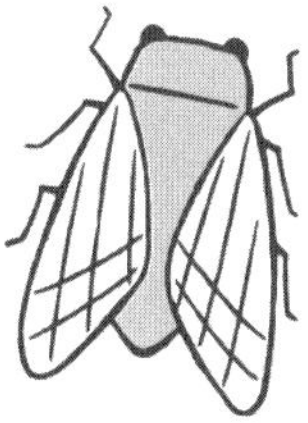

夕暮れになって山の頂上が赤く染《そ》まり始める。カラスが騒がしく鳴いて飛んでいった。四人はあわてて帰り支度《じたく》をすると、駆けて山を登り、そして下った。
また一緒に来ることを約束して、二人と別れた。帰り道に蝉《せみ》の死がいを見つけた。二つも三つも転がっているのを、僕

は僕のペットのために、拾って帰った。

M君はまだ僕のことを怒っているらしく、全然口を開かない。僕だってどうしていいか分からない。

もう一回ぐらいは神の恵みがあるだろう、僕は楽天的にそう考えた。一回ぐらいM君が一緒のとき、僕の前にあのおじいさんは現れてくれるだろう、僕は、そう願わずにはいられなかった。


また冬がやってきた。

その年は暖冬《だんとう》で、その日まで雪が一度も降《ふ》らなかった。だから、相変わらず学校の帰りが早いときは山に行くことができた。

しかし、その冬は、僕の生活の中では最初からあまりよい出来事がなかった。

十二月に入ってすぐに理科の実験のとき、火のついたろうそくのろうを足に垂《た》らして火傷《やけど》してしまったし、山遊びとペットの世話で学校の成績《せいせき》は落ちてしまったし、母は僕の顔を見るといつも何か言いたそうにするのだけれど、そんなとき僕はさっと身をひるがえすので、それを追っかけてまで僕を捕まえることをしなかった。

だから、何とか平穏《へいおん》な日々を送っていたのだが。

思い出した。一つだけその冬にいいことがあった。それは、僕の飼っている縞蛇《しまへび》が脱皮《だっぴ》したことだ。

ある朝、トイレに起きて玄関を通ったら、やつの部屋に何かくしゃくしゃした物があり、まるで、僕がベッドに入るとき脱ぎ捨てたシャツのようになっていたので、つまみ上げてみたらやつのきれいな皮だった。やつは、真新しいのを着やがって……。

目の高さまでつまみ上げてみて、僕は驚いた。それはいつも母がデパートでため息をついて見とれているバッグ、あの皮の模様《もよう》そっくりだったのだ。

急いで母に見せに行ったら目を丸くしていた。もう少し幅《はば》があったら、それこそバッグでも作って母にプレゼントしたいところだが、何せ小さい蛇のものだから幅十五センチ、長さ四十センチぐらいのもので、何か作るとしても小銭入《こぜにい》れぐらいだろう。

僕はそれを学校に持っていくことにした。ベッドの中で考えてそう決めたら、安心したのかぐっすり寝入った。

Q先生の顔は、青ざめて今にも倒れそうだ。先生の眼は、僕のぶら下げている蛇の皮に吸い付けられているのに足は後ずさりしている。

僕は得々とした気分で、それを親指と人差し指とでつまんで先生の目の前でぶらぶらさせて、ゆっくり前進する。

そして、それを先生の顔にくっつかんばかりに近付ける。

「キャーッ」

Q先生は、悲鳴を上げると足を震《ふる》わせてそれから後ろにひっくり返った。

バタバタとスリッパの音がして、隣の教室の男の先生が駆けてきて、僕は頭をなぐられた。

「痛いッ」

そこで僕は目が覚めた。

Q先生は僕の担任《たんにん》で、まだなりたての先生である。昨夜眠る前に、Q先生、これを持っていったら驚くだろうなとちらっと思ったから、夢を見たらしい。

僕がこの間、校庭で大きなミミズを捕まえて家に持って帰るといったら、Q先生が見ていて、

「敬君、変わっているのね」

気味悪そうな顔で僕を見つめていたっけ。

僕は小さいときから、そんなものに興味を持っていたけれど、女の人っていうのは、大人になっても、先生になっても、あまり虫類は好きではないものらしい。

しかし、あくる日、僕の懸念《けねん》は取り越し苦労だったことが分かった。Q先生は、それを真っ黒な厚紙《あつがみ》にきれいに伸《の》ばして、セロハンテープで押さえると廊下《ろうか》の掲示板《けいじばん》に画びょうで張ってくれた。そして、日付と僕の名前も大きく書いてくれた。

「すごいや」

M君もH君も、男の子はみんな寄ってたかって見ていたので僕はうれしかった。

ほかの教室の先生も足を止めて眺めていた。夢の中で僕をなぐりつけた隣の教室の先生も、

「へえー、やるじゃない」

そばにいた僕の頭を押さえてそう言ったので、僕はますます得意になった。

どこから聞きつけたのか、校長先生がわざわざ見に来たのには驚いた。

「君か、まむしに噛まれた子だね」

僕の顔をしげしげと見て、

「まむし少年だな」

校長先生は、まん丸い、子供の手のような手のひらで、僕の頭をなでた。

「蛇が好きなんだね」

その三言を校長先生は言って、張られている蛇の皮を興味深そうに眺めていた。

僕は、まむしのことを言われたとき叱《しか》られるのではないかとびくびくしていたのだが、反対に褒《ほ》められた感じでうれしかった。

半年前のあのまむし事件《じけん》は学校にまで連絡があり、僕が退院してすぐに朝礼のときの校長先生の話題にも上り、注意するようにと言われていた。

僕の名前が出たわけではなかったが、僕は、校長室にでも呼ばれるのではないかと冷《ひ》や汗《あせ》をかいたのだった。

ぼくには、まむしを生け捕りにできなかったくやしさのほうが大きくて、そんなに騒がれることなのかと、そんな感じがするのだけれど、あのとき、病院に駆けつけた母の青い顔を思い出すと、やはり、大人たちを騒がせたのは間違いないようである。

それからの僕のニックネームは、〝まむし少年〟なのだ。隣の教室の先生もそれからは僕を〝まむし少年〟と呼ぶ。

まむし少年、すなわち僕のことだが、これから書くことはみんなには多分本当だとは信じられないだろう。しかし、僕にとっては、全部、実際《じっさい》に体験したことである。

僕が、秀雄君と一郎君とM君と一緒に、あの木の洞穴に行ったとき、その途中で赤い布が所々の木の幹に結わえてあったことを、みんなは覚えているだろうか。

あのとき僕の心に広がった黒い雲はやはり的中して、その年のうちに、あの洞穴の大木の周辺はあらかた木が切られてしまった。

僕とM君とは、広々となって太陽の光をいっぱいに浴びているその辺りを目撃したとき、驚きで言葉も出なかった。

高い梢のすき間からまばゆく差し込む太陽の光は、薄暗い林の中では、神の恵みかと思わせるほど崇高《すうこう》なものだった。

リスも猿も他の動物たちもそのお陰で自分たちのすみかが暗やみに閉ざされることなく、また、自分たちの大事な食物が確保《かくほ》できたのだ。

しかし、こうあふれんばかりにその恵みが大きくなると、あいつらは安心して暮らせなくなるし、第一、こんなに木を切り倒されたら、そのすみかを作る場所も、探す食べ物もなくなってしまう。

そのときはかろうじて洞穴の大木は残されていた。しかし、もうすでにさらけ出された洞穴であり、神秘的な、僕たちをあれほど興奮させたものではなくなっていた。

そして、十日後には、切り株だらけの野っ原に一つだけ目立った大きな切り株に、かつての木の枝の茂みや幹の太さを想像するだけの光景となってしまった。

僕たちは、その人災《じんさい》が二人で造った遊園地にまで及《およ》ぶのを恐《おそ》れた。時間の許《ゆる》すかぎり、どの辺りまでそれがおよんでいるかを調査《ちょうさ》した。

自由を求めて少し大げさに言えば、未知の世界を切り開く心境で山を訪れていた僕たちは、今や壊される恐怖と、僕たちの力ではどうにも抵抗できないくやしさとで心が震えるのだった。

そんなある日、秀雄君と一郎君と僕とM君の四人は、遊園地の無事を祈《いの》りながら、山の斜面を登っていった。

もうその斜面も西側の木が切り倒されているので、以前のように薄暗くなく、何だか友だちみんなに眺められながら映画《えいが》のロケでもやっている気分で、少しも心躍るものではなかった。

それでも何とかあれだけは残しておきたいとそんな義務感《ぎむかん》に支《ささ》えられて、ほとんど毎日見にきているのだ。

途中で薄茶色の作業服を着て同色の帽子をかぶったおじさん二人に出会った。その人たちは、双眼鏡《そうがんきょう》と金属製《きんぞくせい》の定規《じょうぎ》を持ち、肩《かた》から図面の入ったケースを提げている。

「山の様子を調べる人だよ」

M君がぼくにささやいた。

その人たちは、崖っぷちから下をのぞき込んだり、幹をたたいてみたり、二人でひそひそ話をしてみたりして、僕たちが通り過《す》ぎるとき、

「僕たちどこに行くの？」

猫《ねこ》なで声で尋ねる。

何か答えたげなM君の肩を押さえ、僕たちは無言で通り過ぎる。

しばらく歩いて振り向いたら、まだその二人は肩を寄せ合って密談を交わしていた。

県から派遣《はけん》されてきた人たちなのか、あるいは不動産業者なのか、いずれにしても僕たちの敵《てき》になることは間違いなさそうだ。

「もうだめだよ、きっと……」

僕は柄《がら》にもなく不安のため息をもらす。

「……」

「明日から、見に来るのをやめようかな」

「リスや猿や、それから……、あの小さぎはどうなるんだよ」

M君の強い声に僕ははっとした。

そうだ、僕たちは山の木がなくなったって、山がなくなったって生活ができなくなるわけではない。僕たちの夢は破《やぶ》れてしまうけれど……。

それより、ここに住んでいる動物たちはどうなるのか、これだけ伐採《ばっさい》が進むと逃げ場所がなくなるじゃないか。

「小さぎは？」

M君が言った。

M君が僕だけおじいさんに会ったと言って怒ったときから、僕は責任《せきにん》を感じて夕方四時頃小さぎがいる時間に何回かM君を連れていったので、M君は小さぎのことはよく知っている。

僕の言いつけを守ってM君はいつも遠くからそれを眺《なが》めていた。

しかし、あれ以来おじいさんは僕たちの前に現れない。

「まさか……」

僕は口の中でつぶやく。

小さぎのいつも飛んでくる湿地は、この遊園地からさらに東にかなりの距離《きょり》がある。さっき会ったおじさんたちは小さぎのいるほうまで開拓《かいたく》するだろうか。

——もしそうだったら、おじいさんは？——

——あの付近まで水を汲みに来ると言っていた、おじいさんはどうなるの？——

僕はじっとしていられなくなった。

遊園地に着いた。

無事だった。

しかし、僕の心は晴れなかった。半年前四人で遊んだ、あのときのあの心のときめきにはほど遠く、あのさわやかに晴れわたった胸のうちにはもう二度ともどることはなかった。何をやっても、何をしゃべっても、つまらなかった。僕はこの山の探検隊は解散に近付いていることを感じていた。

いろいろなことに思いをめぐらしていた。

大木の洞穴でM君と二人で騒いだこと。ヤッホーと、僕たちの声がこだましたこと。向かいの山の滝つぼに下りるのに、木のつるが命を助けてくれたこと。この世の色とは思えない蝶の翅の青色、それを追っかけてまむしの子に噛まれたこと。水車を作るのに自転車の車輪を必死で磨《みが》いたことなど……。

そして、何より忘れられないのは、あの白い衣のおじいさんに会ったことだった。そこまで思ったとき、僕の体は急に軽くなった。おじいさんのことを考えると、この頃はいつもこんな感じになると、そのとき僕は知った。

何か背中に白い羽でも生えたように、ジャンプしたらそのまま宙《ちゅう》に浮いて飛んでいけるような、そんな気がしていた。

僕は、想像した。

つるの大群がきれいに一直線になってヒマラヤの山を越えていく姿を……。

いつの間にか僕も飛んでいた。背中に生えた二つの大きな羽をゆっくりゆっくり羽ばたかせて、僕の二本の足をきちんとそろえて後ろに伸ばして……。

僕は飛んでいた、ヒマラヤの上を……。

気流が急に下から流れてきて後ろに押し流された。懸命に、前進しようと羽を力強く動かした。

また、気流が流れる。また押し流される。

「もう……だめだ……」

自分の声に驚いてわれに返った。M君が心配そうに僕の両肩を押さえている。

「僕、何か言った？」

M君は、僕が、もうだめだ、もうだめだ……と何度も言っていたと教えてくれた。

「僕、ねむってた？」

M君は、僕の目は開いていたと言った。

「僕、敬君、敬君、って呼んだんだよ、聞こえなかった？」

M君は、納得《なっとく》できないといった顔つきでそう僕に言った。

秀雄君と一郎君は、もう帰ったあとだった。僕とM君は小さぎの池に行く気力もなく、ほとんど無言で立ちつくしていた。


翌日だった。

僕は日曜日だったので十時ごろまでベッドの中にいた。

「M君よ」

母が起こしに来たので、パジャマのまま玄関に行った。M君は紅《あか》い顔をして僕が現れるのを待《ま》ち構《かま》えていた。

「大変だよ、山が……」

僕はパジャマの上からズボンをはくと、ジャケットを引っかけて外に出た。

バス停のそばまで来たら、

「ブルルッ、ブルルッ」

地響きが僕の体に伝わってくる。ブルドーザーが山を壊していたのだ。

――やっぱりあのおじさんたちが――

僕は昨日すれ違った薄茶色の作業着の二人を思い浮かべる。

あのとき胸騒ぎがしてならなかったけれど、こんなに早くこの日がくるとは予想しなかった。

ブルドーザーは、山の大きな緑の塊のちょうど真ん中を動いていた。その塊の左側は、すでに伐採された場所で、土の赤茶色が痛々しく現れている。

僕たちの造った遊園地は、今、ブルドーザーが削《けず》っている場所の右側の下にあった。

僕たちはそこに直行した。

必死だった。死にものぐるいで走った。

近付けば近付くほど、ブルドーザーの音は大きくなり、僕たちの会話は完全に消された。

たどり着いた僕たちは、ブランコの脇《わき》に倒れるように座り込んだ。

もう余裕《よゆう》はなかった。

手当たり次第に遊具を壊した。

最後に水車を外すときは、さすがに手が出せないでいた。

それは、僕たちの気持ちも知らずに相変わらず、

「シャララ、シャララ」

気持ちのよい音を鳴らしていた。

意を決して、僕は車輪を抜いた。

M君は、眼を赤くしていた。

僕の眼からも涙《なみだ》があふれた。

一度気がゆるんだら、とめどもなくそれは僕の頬《ほほ》を伝った。

最後に、流れの段差をつけるために使ったれんがを堀の上に上げる。そして、水底を平らにならした。

それは、僕たちが、最初にここを訪れた、そのときの懐《なつ》かしい光景にもどっていた。

「いい所だね」

「遊園地にしようよ」

「小さい子も来るといいね」

あのときの二人の会話が僕の耳をよぎる。

あのときの心のときめきをもう一度味わってみたかった。

が、二人の胸は打ちのめされ、ときめきどころか、どうしようもなくめちゃめちゃだった。

二人は声もなく、その残がいを両手に抱えて山を下りた。

小雪が舞って、行く手がかすかに白くなっていた。


月曜日。

学校では山の件で持ちきりである。校舎《こうしゃ》の窓《まど》からも、山が削りとられる様子が手に取るように見える。

まるで、人の頭の真ん中にバリカンが入ってくるかのように、巨大《きょだい》な緑の塊の真ん中をブルドーザーが動いていて、バサッ、バサッと木を横倒しにする。

作業は順調に進んでいるらしく、朝見たときより、昼休みに窓からのぞいたときのほうが、バリカンの跡《あと》はずっと大きくなっている。

「あの山壊して〝やすらぎの里〟を造るんだってよ」

「なんだ？　その〝やすらぎの里〟っていうのは？」

「おじいさん、おばあさんが入る所だってさ」

「養老院のことか」

「今は養老院って言わないの、そんなの古いのよ」

「名前が変わったって、中身はおんなじじゃないか」

「お前のとこのおばあさんも入るんだろう？」

「うちはお母さんが世話をするからいいんだよ」

僕は、ははあんと思って聞いていた。

――そうか、老人ホームが建つのか――

「テニスコートもできるんだって」

「へえ、おじいさん、おばあさん、テニスするの？」

「ゴルフもやれるんだって」

「ゲートボールだろう」

あれだけの山を壊すのだから、さぞ、立派《りっぱ》な老人ホームができるのだろう。

M君はどこから聞いてきたのか、山が壊されることは一か月前に新聞に載《の》っていたと言う。

僕は、新聞は漫画ぐらいしか読まないから、知らなかったのは当たり前だけれど、父からも母からも何も聞かされていない。

――仕方ないな――

昨日、水車を取り壊したときを思い出して、僕の胸が熱くなった。M君は休み時間に廊下に出て、窓の向こうにおもちゃの車ぐらいの大きさに見えるブルドーザーを眺めていた。

夕食のとき母が言う。

「山で遊べなくなって残念ね」

「おじいさん、おばあさんのためだから、仕方ないよ」

僕は負け惜しみを言った。

おじいさんおばあさんが助かっても、山の生き物が助からないんだよな、と思いながら、また、

――仕方ないな――

大きなため息が出る。

火曜日。

登校して僕は驚いた。

昨日はバリカンを当てたようだった赤茶色の土の部分が二倍もの大きさになり、両端《りょうたん》に残された緑の面積がぐっと小さくなっていた。

もうバリカンの跡ではなく、山の上に巨大なグラウンドが広がっている。

ふと、猿の親子を思った。相変わらず子供をおんぶして、木の実を探しているのだろうか、こんなに木を倒されたら、食べ物が拾えないだろうに……。

リスはどうしたかなあ、もうポテトチップスもやれなくなったし、人間の作った文明の利器に追われて、大きなしっぽを悲しげに振っていることだろう。

来年の春から、あのきれいな蝶たちは蜜《みつ》を吸うために他の楽園を探さなくてはなあ。

〝立ち入り禁止〟になったけれど、昆虫には関係がないことなわけだし、かわいそうに……。

あれこれ考えて僕は、授業《じゅぎょう》が身に入らなかった。幸いなことに僕の席は一番後ろの端《はし》っこだった。

想像はまだ続く。

小さぎを思った。

あの湿地は東の端のほうだから、まだ今のところ安全かもしれないが、そのうちに、悪《あく》魔《ま》の刃《やいば》はしだいに侵入するに違いない。今度はどこで魚を捕るのかな？　暗くなると飛んでいってしまうけれど、ねぐらは無事なんだろうか……。

「おい、まむし少年」

そのとき、僕はニックネームで呼ばれた。

その日は、Q先生が休みで、三時間目が自習で、次の時間は、隣の教室の先生が教壇《きょうだん》に立っていた。

バネ仕掛けのように僕はいすから立ち上がる。あまりあわてたので、いすが後ろに引っくり返った。

みんなが笑った。

みんなの笑い声もなんだか夢の中で聞こえてくるようだった。みんなはまるでガラス戸の向こうで僕を眺めていて、ここには、すっかり落ち着きをなくしている僕一人が立っているような気がする。

先生もずっと向こうに小さく立っていて、ボサボサ髪《がみ》を指でかき上げ、かき上げ、いたずらっぽい眼で、何かしきりに僕に聞いているけれど、僕には先生が何を言っているのかさっぱり分からない。

「……」

「ううん？　ほら、まむし少年、答えてみろよ」

「……」

またガラス戸の向こうで、みんなが笑っている。笑う声はかすかにしか聞こえてこないが、みんなの笑う声が、

「なあんだ、そんなのも分からないのかよ」

そう言っている。

M君までが僕をばかにしている。

僕の頭に、どんどん血が上ってきた。

――ちくしょう――

混乱《こんらん》した僕の頭の中に、蝶が舞った。下翅にブルーを丸く彩《いろど》った、黄色と黒色の縞もよ

うの蝶が……。

目の前に野原が広がった。

色とりどりの花が咲《さ》き乱《みだ》れている。

花から花へ、蝶はあたかも僕をあなどるかのように飛び上がったり、止まったり、向こうに行くのかと思えば、くるっと向きを変えてこちら側に飛んできたり……。

いつの間にか僕は蝶を追っていた。

蝶は、バラのアーチをくぐった。

僕もくぐった。

蝶は前方へ進む。

僕も進んだ。

「敬君。どこへ行くの？」

教室のみんなが聞いたような気がする。

「こら、こら、まむし少年、どこに行くんだ？」

あわてふためいた先生の声も背中に聞こえたような気がする。

蝶は、僕を招《まね》くかのように、進んでは止まり、また進む。

僕は靴を履いていない。でも、少しも足は痛くなかった。体はとても軽く、背中に羽が生えているのではないかと思ったくらいだった。

途中、何匹かのリスに会った。

僕を怖《こわ》がりもせず、僕の周りを歩いている。

気がついたら、猿もいた。

ゾロゾロ右からも左からも、

蛇やらトカゲやら、

ミミズまでもが這っている。

ブランコがあった。

鉄棒があった。

水車があった。

リスが水車に乗った。

リスも一緒にくるくると回った。

猿がブランコに乗っている。

子猿を肩に乗せたまま。

蛇が鉄棒にからまった。

幾度も、幾度も、逆上《さかあ》がり。

トカゲとミミズがおにごっこ。

僕はそこら中を歩きまわった。

見覚えのある大きな木に、洞穴を見つけた。登ってみたら、二匹のたぬきが丸くなって昼寝をしていた。

みんなが楽しそうだった。

梢には青い鳥が止まっていた。嘴が赤かった。そして、向こうのさらに高い山を目指して飛び立った。

ゾロゾロとまた歩いた。見覚えのある沼だった。

「小さぎは？」

僕は急に思い出して大きな声を出した。

「ここにいるよ」

懐《なつ》かしい声だった。

振り向くと白い衣のおじいさんだった。

「おじいさん、探してたんだよ、どこに行ってたの？」

「ちょっと遠くにね」

「どうして？」

「……」

またおじいさんは姿を消した。

「おじいさあん」

僕は叫んだ。

「おじいさん、いるの？」

M君の声がする。いつの間にM君はここに来たのだろう。

「今、ここにいたんだよ、ちょっと遠くに行っていたんだって」

「僕おじいさんに会いに来たんだよ」

M君が言う。

「なんだろう？」

M君が不思議そうに山の向こうを指差した。

山の遥か向こうから、白い塊がこちらに向かって飛んでくるのが見える。大きな羽を大きく羽ばたいて、何十羽、いや、何百羽のつるの大群だった。

「つるだ！」

叫んだつもりだったが、声にはなっていない。

「そうだよ、みんなを迎《むか》えに来たんだよ」

いつの間にかおじいさんは隣にいる。

おじいさんも声にはなっていなかったが、僕にはちゃんと聞こえたのだ。

「さあ、そろそろ出発だよ」

おじいさんからのテレパシーが届《とど》いた。

みんなが、沼に下りてきたつるの背中に乗った。僕も羽の形のよい雄のつるの背中に乗った。

おじいさんは、蛇がつるの脚を伝って背中に這い上がるのを手伝っている。

僕は急に玄関にいるペットたちを思い出した。はっとしてもどろうとしたとき、おじいさんが僕の肩を叩いて右のほうを指差した。

いた、いた、脱皮した縞蛇も、食《く》いしん坊《ぼう》の青大将も、頭の黒いトカゲも、みんな、つるの背中の上でとぐろを巻いている。

僕の手の指を噛んだまむしを思った。辺りを見たが、それはいないようだった。

――まむしは？――

「大丈夫だよ、まむしはちゃんと生きていけるさ」

おじいさんはテレパシーを僕によこした。

おじいさんは、僕が考えていることがすぐに分かるんだ、やっぱり魔法使いなんだと僕は思った。

横にいたM君の姿が小さくなって、あれっとつぶやいたら、M君が何か僕に向かって、口を動かした。

そして、僕の体は、つると一緒に空に舞い上がっていた。

M君が僕に何を言ったのか、もうちょっと前から人間の言葉が分からなくなっていたけれど、

「敬ちゃん、学校に帰らないの？」

そう、M君は僕に言ったのだと思う。

僕は、Q先生とボサボサ髪の隣の教室の先生とまん丸い校長先生とを思い浮かべた。

M君に何か言おうと思って下を見たら、秀雄君と一郎君が僕に手を振っている。

僕も左手でつるの首につかまって、右手を振った。

三人の顔が豆粒《まめつぶ》のようになった。

おじいさんは背筋《せすじ》をシャンと伸ばして、僕の横にいる。

「僕たち、どこに行くの？」

「さあ……、どこかね、インドかどこか……」

おじいさんの答えはいつもこうだ。

まるで、霧《きり》のかかったようなはっきりしない言い方で、雲に吸い取られてしまう。

でも、僕はおじいさんを信じきっている。山に住めなくなった生き物を新天地に連れていこうとしているのだ。

——小さぎは？——

おじいさんが指差したところは、つるの大群の先頭だった。

雲の中に入ったようだ。霧雨が僕たちに降りかかる。

また太陽が現れる。

僕は、おそるおそる下を眺めた。

学校が見えた。

屋上で、隣の教室の先生が手を振っている。ごま粒ぐらいに小さかったが、僕には分かった。

――あれは、なんだろう――

学校の三倍ぐらいの大きな白い建物、たくさんの人間がグラウンドで動いている。

「老人ホームだ」

僕は叫んだ。

「やすらぎの里だよ」

おじいさんが言った。

おじいさんやおばあさんたちがラケットを振った。

ゴルフボールが、僕たちに向かって飛んだ。

「すごいやー」

おじいさん、おばあさん、うれしそうだなあ。

スピードが出て、学校も、やすらぎの里もみんな、見えなくなった。

「おじいさん、僕たち、どこへ行くの？」

「さあ、どこに行こうかね」

「インドでしょ、おじいさん？」

おじいさんは何も言わない。

でも、僕は知っている。

遠いところに行っていたって、さっき、おじいさんが言ったのは、僕たちを連れていく場所を探していたのだということを。

はるかかなたに、真っ白い山々の頂上が、太陽の光に反射してキラキラと輝いて見えた。

クロとJ君

その家の前に佇《たたず》んで啓《けい》はたじろいだ。

クロの家とはあまりに感じが違《ちが》っていた。二十年前のクロの家は、赤い屋根の二階屋で、ベランダの窓《まど》からは常《つね》に風が入っていたし、庭の芝生《しばふ》も明るい緑で金網《かなあみ》のフェンスで囲まれていた。それは背《せ》が低くて開放的だったので、啓や幼友達《おさなともだち》の絵美ちゃんは道路からクロを見ることもできたし、鎖《くさり》いっぱいに庭で駆《か》け回《まわ》るクロの元気な姿《すがた》も観察できたのだ。

その場所の現在《げんざい》の家は、四方がブロック塀《べい》で閉《と》ざされ、玄関脇《げんかんわき》にあるどっしりと根の張《は》った松の木の陰《かげ》から垣間見《かいまみ》る松葉菊《まつばぎく》の赤い花の色が、この荘厳《そうごん》ともいえる家の雰囲気《ふんいき》を辛《かろ》うじて和らげていた。

黒い瓦屋根《かわらやね》と灰色《はいいろ》の壁《かべ》に覆《おお》われた家の中に、今はどんな人が住んでいるのか、啓は六段《ろくだん》ほどの階段を上って表札を見上げた。いぶした板に、「木村」とだけ筆でしたためられていた。

啓が初めてクロを見たのは、小学校二年生になった六月、朝、登校の途中《とちゅう》だった。住宅地《じゅうたくち》の急勾配《きゅうこうばい》の坂を曲がって川縁《かわぶち》を歩いているとき一緒《いっしょ》にいた同級生の絵美ちゃんが急に声を上げたのだ。

「啓ちゃん、犬、子犬がいる、あんな所に」

絵美ちゃんの指差した所は啓たちが歩いている道路から二メートルほど下の川の中央付近だった。

川の幅《はば》は三メートル、いつもはほとんど水は流れていないのだが、前夜大雨だったのでその時は二筋《ふたすじ》三筋《みすじ》に分かれて水の流れがあった。

その流れの中央の州《す》に、何か黒い生き物が見えたのだった。

「あれ、猫《ねこ》じゃない？」

啓は言った。

「犬、犬よ」

絵美ちゃんの声が啓の耳に届《とど》いたときは、もう絵美ちゃんは橋を渡《わた》るために来た道を戻《もど》りかけていた。

絵美ちゃんは川の反対側に回って川の中に下りるのに適当《てきとう》な場所を探《さが》して右往左往《うおうさおう》している。

「学校、遅《おく》れるよ」

啓は大きな声で言った。

それから数分間、川の中を覗《のぞ》き込《こ》んでから絵美ちゃんはランドセルの音をカタカタさせて戻ってくると、息を弾《はず》ませて言った。

「あの辺りから下りられるのよ、学校終わったら啓ちゃん、あの犬拾いに行こうよ」

と、手すりが壊《こわ》れかけたところを指差した。

絵美ちゃんの動物好きはこの界隈《かいわい》でも有名なのだが、取り分け犬には目がなくて、もうすでに絵美ちゃんの家では三匹《さんびき》の犬が飼《か》われていた。

啓の住んでいる所は、数年前、ある大会社が山を切り拓《ひら》いて造《つく》った住宅団地で、作業員宿舎《しゅくしゃ》に泊《と》まり込んで工事をした人たちが用心棒《ようじんぼう》代わりに犬を飼っていた。完成と同時に人間たちは帰ったから、残された犬たちは野生化して近くの山に住み着いてしまったのだ。

その犬が、一軒一軒《いっけんいっけん》と住宅に人が住み始めるとやにわに人恋《ひとこい》しくなったのか、山を下りてきて餌《えさ》を漁るのだった。絵美ちゃんのお母さんも兄さんも犬好きとあって、あっという間に三匹の犬たちはこの家の飼い犬になって、犬小屋も三つ、絵美ちゃんの兄さんが作って庭に置かれていた。

間もなく、もう一匹山から下りてきたので、ついに啓の家にまで飼ってくれと絵美ちゃんと兄さんが頼《たの》みに来た。

「私《わたし》は戌年《いぬどし》だから犬は嫌《きら》いではないけれどね、人間の世話で手いっぱい、犬の世話までは無理よ」

啓の母は強硬《きょうこう》に断《ことわ》ったのだが、次の日、器用に作られた黄色の犬小屋とともにそのシェパードの雑犬《ざっけん》は啓の家に落ち着くことになった。

犬の散歩は啓の役目だった。白い長い毛のその犬は、山に住んでいたにしては珍《めずら》しく大人しい性格《せいかく》で、啓にも家族にもすぐ懐《なつ》き、犬小屋は玄関の反対側の庭の隅《すみ》にあるのに、扉《とびら》の開く音がすると小屋の中から這《は》い出て、尾《お》を振《ふ》るのだった。

最初は迷惑《めいわく》がって眉《まゆ》をひそめていた啓の母も、次第に愛情《あいじょう》が湧《わ》いてきたのか、買い物先でこれワンちゃんのね、と言いながら魚の粗《あら》を求めたりした。

ある日、啓が散歩に連れ出して犬がいつものように腹《はら》に溜まったものを放水するのを見て啓は驚《おどろ》いた。空き地の真ん中に溜まった水が真っ赤だったからである。

啓は家に帰るなりそれを母に報告《ほうこく》した。

「フィラリアかしらね」

「フィラリアって？」

母は、蚊《か》が菌《きん》を媒介《ばいかい》して犬の心臓《しんぞう》が冒《おか》される病気だと説明をしながら電話をかけにいき、明日獣医《じゅうい》さんが来ることを啓に告げた。

啓の犬は、翌日《よくじつ》、病院の車に乗せられて入院した。放っておけば１００％死ぬといわれたからである。しかし、四日後に帰ってきた犬は屍《しかばね》だった。

啓は、獣医さんの車に乗せられるとき啓のほうを振り返ってなかなか乗り込まなかった犬の姿を思い浮《う》かべて涙《なみだ》した。

近くの高圧線《こうあつせん》の鉄塔《てっとう》の下にシャベルで穴《あな》を掘《ほ》り埋《う》めた。そこがいちばん将来《しょうらい》掘り起こされる危険性《きけんせい》が少ないと思ったからである。

その時はまだ啓の犬は健在だったから、絵美ちゃんと学校の帰り川の中から拾ってきた子犬の飼い主を探すのは難関《なんかん》だった。

その子犬は生まれてそんなに日が経《た》っていないようだった。全身真っ黒で鼻の先がちょこんと白かったので、二人がクロと命名するのは容易《ようい》なことだった。

盛《さか》んに絵美ちゃんの手をなめ回すので、絵美ちゃんは、向かいの赤ちゃんのいる家に頼んで古くなった哺乳瓶《ほにゅうびん》を手に入れると左手でクロを抱《だ》き、右手に牛乳の入った哺乳瓶を支《ささ》えるように持って、クロの口の中に入れた。

クロはつぶらな目で、絵美ちゃんを見上げておいしそうに飲んだ。啓は、絵美ちゃんは子犬育ての天才だと思った。

それからクロの育て親探しが始まった。二人がクロを抱いて住宅地の坂道を上っていくと、通りすがりの主婦《しゅふ》が、

「かわいいわね」

必ずと言っていいほど声を掛けてくれるのだが、

「飼ってもらえませんか」

二人が声を揃えて言うと、たちまち逃《に》げ腰《ごし》でそそくさと坂を下ってしまう。

仕方なく一軒一軒《いっけん》訪問《ほうもん》することになった。八番目の家の木戸をくぐったとき、植木の手入れをしていたおばあさんが、

「Ｓさんの家で犬が欲《ほ》しいって、確《たし》か……。行ってごらん」

そのおばあさんは、Ｓさんの家への道順を教えてくれた。

二人は小躍《こおど》りした。もう、すっかり日は暮《く》れていた。急に元気がでた二人は走ってＳさんの家に向かった。

Sさんの家の台所の窓からは明るい光がもれ、料理をする音がしていた。ブザーを押《お》して二人は顔を見合わせる。それは安堵《あんど》の気持ちがいっぱいの笑顔だった。

エプロンで手を拭《ふ》き拭き現《あらわ》れたその家の主婦は、一人っ子のJ君が犬を欲しがっているのだと話し、まあ可愛《かわい》いわね、とクロの鼻を自分の鼻にくっつけて言った。

「今晩《こんばん》、この犬を預《あず》かるわ、おじさんがあまり犬好きでないのよ、でも、この子を見たら気が変わるかもしれないから……」

そして、次の日二人が下校したらもう一度来てほしいと付け加えた。

翌日、啓と絵美ちゃんが、ランドセルを玄関先においてJ君の家に続く坂道を駆け上がったとき、クロは男の子に抱かれていた。クロはJ君の膝《ひざ》の上にちょこんと座《すわ》っていて、もう二人のことなど忘《わす》れてしまったと言っているようだった。

その子がJ君だと、二人はとっさに判断《はんだん》することができた。啓より二つ三つ年下のように見えた。

J君は、啓たちの足音が止まったのに気付き顔を道路に向けて言う。

「この犬、昨日、小学校のお兄さんとお姉さんが連れてきてくれたんだ。川の中から拾ったんだって……」

啓は、僕《ぼく》たちがそうなんだよと言いかけて口をつぐんだ。

絵美ちゃんはもうとっくに気がついているようで、つかつかとＪ君のそばに寄《よ》ると、クロを抱いているＪくんの手をつかんで、

「Ｊ君、その犬飼ってくれるよね、クロっていうの……」

少し鼻にかかった声で話し掛けた。

Ｊ君の目は半分しか開かれておらず、絵美ちゃんを見上げた瞳《ひとみ》は白く濁《にご》っていた。

「なあんだ、昨日来てくれた人か……、お父さんもいいって言ったから、今日から僕がクロのお父さんだよ」

Ｊ君は、いとおしげにクロに頬《ほお》ずりすると、

「遊びに来てね、犬小屋も作るから……」

明るいよく通る声だった。

啓と絵美ちゃんは口々に返事をして、スキップをしながら坂を下りた。

Ｊ君とＪ君のお母さんは、電車を乗り継《つ》いで東京の盲学校付属幼稚園《もうがっこうふぞくようちえん》に通っているので、啓や絵美ちゃんが昼過《す》ぎに行ってみても、クロは大抵《たいてい》、陽を思うがままに浴びている芝生

の上の犬小屋の前で足を揃えて座っていた。

二人を見掛けると、千切れんばかりに尾を振ってフェンスのそばまで走り寄るのが常だった。たまにJ君の幼稚園が休みだったり、日曜日だったりすると、クロはJ君と遊んでいた。

J君は、青い野球ボールのような、軟《やわ》らかそうなのを芝生の上に投げてクロにくわえてこさせたり、陽だまりに座ってクロを抱いたり、J君が家にいるときは片時《かたとき》もクロを離《はな》したくない気持ちが啓に伝わってくるのだった。

時々、啓と絵美ちゃんは庭に入れてもらって三人と一匹で一緒に遊んだ。J君は視力《しりょく》がゼロだというのに、まるで見えているかのように、クロを抱き上げるときも犬小屋にクロをつなぐときも、迷《まよ》わずに行動するので二人は驚いた。

いつだったたか、啓がお使いを頼まれて商店街に行った帰りに、J君とJ君のお母さんがクロを散歩に連れてきたことがあった。クロの鎖はJ君がしっかりと右手で握《にぎ》り、左手はお母さんの手とつながれていた。

「Jがね、こんなに喜ぶとは思わなかったのと、おかげで明るくなって、ありがとうね」

J君のお母さんは少女みたいな瞳で啓にちょっと頭を下げた。啓は急にうれしくなって、スキップをして家に帰った。

その年も暮れて翌年の節分の頃《ころ》だった。

日曜日に絵美ちゃんが転げるように啓の家にやってきて、Ｊ君が入院したと言った。

絵美ちゃんが買い物に行った帰りにクロの家の前を通ったら、Ｊ君のお父さんとお母さんが大きな荷物を抱《かか》えてタクシーに乗るところだったという。

Ｊ君のお母さんが絵美ちゃんを見つけて、

「ちょうどよかった、絵美ちゃん……」

と駆け寄って、一週間ほどクロの散歩をしてくれないかと頼んだのだそうだ。餌はおじさんがやるけれど散歩まではできないからと。

「Ｊ君は？」

「Ｑ病院に入院なの、一週間で帰れると思うんだけれど、もっとかかるようだったら親類の人に来てもらうから……、お願いね」

慌《あわ》ててタクシーに乗り込んだから、あとは聞かなかったと絵美ちゃんは言った。

二人は、一日交代でクロの散歩をすることを決め、水曜は下校時間が早いからＪ君の見《み》舞《ま》いに行こう、そこまでは難なく決まったのだが、持っていく品物を決めるのにだいぶもめた。

「チョコレート？」

「甘《あま》いもの好きかなあ」

「りんご？」

「みかんのほうがいいよ」

「……J君の好きなもの聞いておけばよかったね」

「お花？」

「花持っていったって、J君見えないじゃないか」

結局、厚《あつ》めの画用紙にクロの絵を描《か》いて持っていこうということになった。絵もJ君には見えないけれど、J君のお母さんがJ君の手をそれに触《ふ》れさせて説明してくれるに違いないと、絵美ちゃんが言い出したからだった。

前に、J君の家に遊びに行ったとき、J君のお母さんがそんなふうにしてJ君に絵本の説明をしていたのを啓も思い出していた。

絵の具にのりをまぜて固めの刷毛《はけ》で塗《ぬ》るとでこぼこができてJ君が手で触れられるから

と、絵美ちゃんは兄さんの絵の具のチューブを持ってきた。

ためしてみたが、硬《かた》さがゆるいと塗りにくいし、硬めにすると刷毛が使えないし、やっぱりクレヨンにすることにして、啓の部屋で作業を開始した。

絵美ちゃんは、Ｊ君の庭でクロが遊んでいる構図《こうず》を鉛筆《えんぴつ》で描き、啓のクレヨンの中から色を選び始めた。

「ダークグリーンない？」

「そこにあるだけだよ」

絵美ちゃんは、啓のクレヨンは十二色だから、色の種類が少ないといって、自分の家から二十四色入りのを持ってきた。

啓は、それがいつも欲しいと思っているのだが、啓の母は啓が絵を描くのにそんなに種類はいらないと、買ってくれたためしがなかった。

絵美ちゃんの絵は、実に上手《じょうず》だった。まるでクロが生きているかのようだった。Ｊ君のお母さんもそのうまさに感心して、あたかもクロがＪ君のベッドのすぐそばで駆け回っているかのように、上手にＪ君に説明してくれるに違いない。

啓は、啓の母に、絵美ちゃんが名前のとおり絵が上手だと話したことがあった。羨《うらや》ましいと言った啓に、母は澄《す》ました顔で言った。

「お母さんの子で、絵がうまいわけないわね」

じゃあ、お母さんの子で何がうまいんだよと、啓は聞きたかったが口には出さなかった。

画面いっぱいに大きくクロを描いた啓の絵と二枚《にまい》をJ君の家に持っていった。水曜日に病院に行きたいとJ君のおじさんに言ったら、まだ面会ができないと断られたからである。

J君のお母さんに頼まれた一週間が過ぎて、啓と絵美ちゃんがクロの様子を見に行ったとき、白い割烹着《かっぽうぎ》のおばさんが玄関の前を掃《は》いていた。

「クロの散歩はもういいですか」

啓はその後ろ姿に声を掛けた。

振り向いたおばさんの顔はJ君のお母さんに生き写しで、違うのは髪《かみ》の白髪《しらが》くらいだ。

「絵美ちゃんたちね、ご苦労様、もういいわよ、おばさんが来たから……」

「J君の具合は?」

「うーん、大丈夫《だいじょうぶ》よ、もう少ししたら治るわ」

そして、「ちょっと待ってね」とそのおばさんは家の中に入って半紙の包みを二つ持ってきて啓と絵美ちゃんに渡した。

「おかしいね、Ｊ君のおばさん、一週間って言っていたのに……」

絵美ちゃんは、いつまでも口の中でぶつぶつ言っていた。

住宅地の歩道に植えられた桜《さくら》の花が満開になって、間もなく散った。付近の農家の広い庭に、何匹もの鯉《こい》のぼりが立ち始めた。

啓は友達とあの家には鯉が七匹泳いでいるから子供《こども》は五人だとか、親の分は泳がせないから、子供は七人だとか言い合って家に帰った。

母が待ちかねていたように啓に聞いた。

「クロをあげた家、Ｓさんだったわよね」

「そうだけど、どうして？」

母は、電柱にＳ家と書かれた黒縁《くろぶち》の張り紙があったと、そして、その張り紙の矢印はクロの家の方角を指していたと言った。啓は母の言葉を終わりまで聞かないうちに絵美ちゃんの家に走った。

クロの家の前では、喪服《もふく》を着た男の人たちがせわしく立ち働いていて、クロの小屋は玄関の北の隅に移《うつ》され、クロは、今、中身が与《あた》えられたばかりの餌箱に首を突《つ》っ込《こ》んでいる。

絵美ちゃんが啓のそばに寄ってきて耳元でささやいた。

「J君が亡《な》くなったみたいよ」

啓は目を丸くして絵美ちゃんの顔を見た。

玄関の扉が開け放されていて、家の中でも黒い衣装《いしょう》の大人が行ったり来たりしている。

啓はクロの頭をそっとなでると、無言のまま家に帰った。

お葬式の日、祭壇《さいだん》の上に飾《かざ》られたJ君の写真はクロと一緒に撮《と》ったものだった。その写真には、犬小屋をバックにクロの頭に手をやっているセーター姿のJ君があった。

正面を向いて笑っているので、目が細くても少しも不自然でなく普通《ふつう》のポートレートのように写っている。

啓はそれを見ているうちに、急に悲しくなって焼香《しょうこう》が終わってから母の胸元《むなもと》で肩《かた》を震《ふる》わせて嗚咽《おえつ》した。

幼稚園の制服《せいふく》を着た子供たちが、それぞれの母親に手を引かれて大勢《おおぜい》道路に並《なら》んでいたのが、人目を引いていた。帰り際《ぎわ》にクロを見たがもう眠《ねむ》っているのかその姿はなかった。

次の日も気になったので、啓はクロを見に行った。途中で絵美ちゃんに会ったのでJ君のことを話しながら坂を上った。絵美ちゃんもクロが心配だと目を赤くして言った。

クロは、また元の芝生の上に移されていて、小屋の前に座っていた。二人を見てもいつものように鎖を鳴らして近寄ってこない。啓も絵美ちゃんも〝クロ〟と呼《よ》ばなかった。黙《だま》ってその犬を見つめていた。その二人の眼《め》は、クロにどのように映《うつ》ったのか、クロの眼も急に沈《しず》んだように啓には見えたのだった。

クロは静かにフェンスのほうに歩いてくると、なでてくれといわんばかりに頭をフェンスに擦《こす》り付ける。啓は、手をその中に入れてクロの頭を優《やさ》しくたたいた。絵美ちゃんも同じことをした。

啓は泣いた。絵美ちゃんも泣いた。

クロの家でクロに会ったのはそれが最後だった。啓はそれからクロの家に行くのをためらうようになった。クロには会いたいのだが、どうしてもJ君のことを思い出して淋《さび》しくなるからだった。

クロとJ君はお葬式《そうしき》のときの写真のようにもう切り離せなくなってしまったのだと思う。絵美ちゃんもあれからクロの家に行っていないと、啓に言った。

そして、二人がお見舞いに贈《おく》ったクロの絵を、J君は死ぬまで自分の身から離さなかったと、J君のお母さんが絵美ちゃんのお母さんに語ったのだそうだ。

暑い夏も過ぎ、秋風が立ち始める頃だった。霧雨《きりさめ》の中、啓は友達の家から帰る途中だった。少し離れた所をクロが歩いていた。呼びかけようとして啓は躊躇《ちゅうちょ》した。クロを連れたJ君のお母さんがあまりにも細くなっていたからだった。別の人かと見間違えるところだった。J君のお葬式のとき、喪服を着て微動《びどう》だにしなかった姿を見てから初めて見るJ君のお母さんだった。顔も一回り小さくなり、少女のように可愛らしかった瞳も細くなっている。片手で傘《かさ》を差していたせいか、啓とすれ違うときも何事も起こらなかった。クロは落ちていた蟬《せみ》の抜《ぬ》け殻《がら》を気にして歩いているらしく、地面をじっと見詰《みつ》めていた。啓は、啓のすぐそばをクロが歩いていたとき、何か胸が熱くなるのを感じた。

四年生になって、啓はもうほとんどクロを思い出さなくなっていた。絵美ちゃんと一緒のこともなかった。ただ、母が、クロの家はこのごろ雨戸がしまりっぱなしだと、ふと漏《も》らしたのを聞いただけである。

啓が中学生になったある日、学校の帰りに道で、絵美ちゃんと偶然《ぐうぜん》に会った。絵美ちゃんはすっかり大人っぽくなっていたので、啓は驚いた。絵美ちゃんは、そこにいるのが啓だと確かめてから、

「Ｊ君の家、引っ越したの知ってた？」

「どこへ？」

動揺《どうよう》を隠《かく》して、啓は平然と聞いた。

「広島のほうってお母さんが言ってたよ」

それだけを言って絵美ちゃんは啓から遠ざかっていった。

それから一週間して、啓の家の郵便《ゆうびん》ポストに、絵美ちゃんのお母さん宛《あて》の封書《ふうしょ》がポトンと一通入っていて、下校した啓が見つけた。

裏《うら》を返してみる。Ｊ君のお母さんからだった。絵美ちゃんがそれを啓の家に持ってきて、留守《るす》だったので、そこに入れておいたのだと啓は思った。

自室に行って、机《つくえ》の前で開いた。

……Ｊが亡くなってから、クロも元気がなくなったように私には見え、気になっていたのですが、ある日、庭のガラス戸を開けると〝キャン、キャン〞と吠え立てるのに気がつきました。

よくクロを観察しますと、居間《いま》に飾ってある写真を見上げて吠えているのでした。その写真には、Ｊとクロが写っているのです。

私は、動物にも心があるのだとしみじみ感じ、泣きたいほどうれしくなりました。そして、少し小さい同じ写真を写真たてに入れて、クロの小屋の前においたのです。

クロは、最初はぺろぺろとガラスをなめていましたが、写真はサイズが小さかったせいか、クロにはよく分からなかったようでしたので、二、三日で片付けてしまいましたが、相変わらず居間のガラス戸を開けると、自分も写っているＪの写真を見て応《こた》えてくれていました。

クロの可愛らしい一つ一つの動作は、初めのうちは打ちのめされた私の心を慰《なぐさ》めるのに十分でした。暇《ひま》さえあればクロを眺《なが》めておりました。

しかし、日が経つにつれ、私の体調が思わしくなかったこともあって、ずっしりと重くのしかかっているＪの思い出を私の心から少しでも軽くしたいと思うようになりました。母親として、それは非情《ひじょう》なことかも知れませんが、そう思うようになってしまったのです。逃げ出したくなったのです。

Ｊは、外観こそ見えませんでしたが、相手の心を読み取る目はだれよりも確かで敏速《びんそく》でした。いつも私の心の動きを、私自身よりも速やかに感じ取っておりました。ですから、Ｊとの数えきれない温《あたた》かい思い出が私の胸のうちには大切にしまわれておりました。

クロを見ると、どうしてもその一こま一こまが思い出されるのです。クロを見るのが辛《つら》くなっていきました。もうＪとクロは一体で、Ｊなしにクロを見たり世話をしたりできなくなっておりました。

次第に、私はクロを疎《うと》んじるようになり、散歩に連れ出すことも苦痛《くつう》になってきたのです。クロには何の罪《つみ》もありません。あんなにＪが可愛いがって、あんなにＪを明るくさせてくれたクロに感謝《かんしゃ》こそすれ、恨《うら》むことなど絶対《ぜったい》に許《ゆる》されないことでした。

でも、私のクロに対する気持ちが、それに近づいてきていることを否定《ひてい》できませんでした。クロさえいなければ、自分がＪを思い出すことが少なくなり、もっと解放《かいほう》されるのにと、その思いが日に日に強まり、クロに言葉を掛けることもなくなりました。

私は、神経《しんけい》の病ということで、Ｊがお世話になったＱ病院に入院することになりました。しかし、それは逆《ぎゃく》にＪへの思いを募《つの》らせる結果になりましたので、医師は二週間ほどで私を退院《たいいん》させました。病室こそ違いましたが、売店も待合室も病院の庭も、Ｊとともにあったときそのままでした。

うつろな心で退院した私は、また、毎日、クロとともに過ごすことになりました。近所の方々の勧《すす》めで、パッチワークを始めたのですが、長くは続きませんでした。古《こ》布《ふ》を持ってくるように先生に言われ、箪笥《たんす》を開けます。その中には、Ｊの思い出のあるものに事欠かないからです。

私はまた、今度は東京の病院に入院しました。そこは、私の生まれた家に近く、何かと便利でした。クロからも解放されましたし、幼友達や、実家の父母にも度々会えましたので、私も徐々《じょじょ》に快方《かいほう》に向かいつつあったのです。

そんなときでした。クロが死んだと夫から聞かされました。突然《とつぜん》死ぬのは変ですから、何か兆《きざ》しがなかったかと幾度《いくど》も尋《たず》ねたのですが、仕事から疲《つか》れて帰ってくる夫には、犬の様子まで観察する余裕《よゆう》がなかったのでしょう。答えは、なかったの一点張《ば》り。

クロの世話を主人に頼みっぱなしで私も無責任《むせきにん》でした。その夜、私は一睡《いっすい》もできませんでした。

絵美ちゃんたちが拾って連れてきてくれた日のこと……。Ｊが体中で喜びを表して、急に家の中が明るくなったこと……。入院して、お見舞いにクロの絵をもらったこと……。それを心臓の手術《しゅじゅつ》をするときに手に持っていたいとＪが駄々《だだ》をこねたことなど。

それからのクロのことは涙なしには語ることはできません。私の心の葛藤《かっとう》がクロにも通じたのでしょうか。餌を与えるのが遅《おそ》くなっても、どうしても散歩ができなかった時も、クロは、私を労《いたわ》るような眼で、見つめてくれました。クロも辛かったでしょうに、それなのに、私を責《せ》める素振《そぶ》りなど一度もありませんでした。

クロは、私の心を察して、私の前から姿を消したのだと、そう思わざるを得ませんでした。なんとかわいそうなことをしたのでしょう。あんなに小さい動物の命を、私は自分のわがままから奪《うば》ってしまったのですから……。

「クロ、ごめんね」

心の中で、繰《く》り返《かえ》し、繰り返し言って、ベッドの中で涙を流しました。

クロの生涯《しょうがい》は、私の家に来てから、わずか二年余りでした。もともと小柄《こがら》な犬だったのでしょうか、子犬の頃からの大きさとあまり変わらないで、小さいままの犬でした。主人に頼んで、お寺でお骨《こつ》にしてもらい、私が退院してから家の庭に埋めました。クロの命日は十二月三日です。どなたにも知らせないでごめんなさい。

今、私は主人の田舎に来て、主人の両親とともに静かな生活を送っています。

啓君と絵美ちゃんにもよろしくお伝えください。


啓は、何度も手紙を読み返した。

啓自身クロの存在《そんざい》を忘れていた数年間だった。

かつては、自分もJ君を思い出す悲しさから逃《に》げ出して、クロに会いに行かなかった。啓も自分の欲求《よっきゅう》をだれにも訴《うった》えることのできない哀《あわ》れな動物の命を縮《ちぢ》めさせた一人であると、良心の呵責《かしゃく》にさいなまれていた。

その思いは、無意識《むいしき》の中に啓の胸のうちにずっと巣食っていたのだと思う。その証拠《しょうこ》に絵美にJ君の家の引っ越しを告げられた時の心の動揺が、予期できなかったほど大きく、自分自身がそのことに驚いたのだから。

辺りは暮色が立ち込めていた。

人々はせわしく道を行き来して、一人、たたずむ啓に心を留《と》める者はいなかった。それは啓に幸いだった。

クロの家の面影《おもかげ》がわずかに感じ取れる玄関の階段の上で、Ｊ君がクロを抱いていた姿が、啓の脳裏《のうり》に浮かぶ。

あのとき、クロは全てを委ねてＪ君の胸の中にいた。そして、そこには、二十年前の啓と絵美ちゃんがいる。

「その犬飼ってくれるよね、クロっていうの」

絵美ちゃんの、少し鼻にかかった甘ったるい声が、啓の耳に聞こえてくるのだった。

「Ｊ君……、クロ……」

啓は、幻《まぼろし》に叫《さけ》ぶ。

腕時計で、もう、そこに一時間も立っていたのに気がついた啓は、眠りから覚めたように急に足早に坂を下りた。

靴《くつ》の音が夕闇《ゆうやみ》に響《ひび》いた。

著者プロフィール

志田 澄子（しだ すみこ）

1934年生まれ
鳥取県鳥取市出身
神奈川県横須賀市在住

〈受賞歴〉
コスモス文学新人賞（第59回）児童文学部門
『衆芳』（神奈川県勤労者文芸コンクール）第40回小説部門佳作入選、
第41回随筆部門佳作入選
〈著書〉
『風で翔ぶ』（1996年、鳥影社）
『まむし少年』（2005年、新風舎）

まむし少年

2025年２月15日　初版第１刷発行

著　者　志田 澄子
発行者　瓜谷 綱延
発行所　株式会社文芸社
〒160-0022　東京都新宿区新宿１－10－１
電話　03-5369-3060（代表）
03-5369-2299（販売）

印刷所　TOPPAN クロレ株式会社

ISBN978-4-286-25973-4